Für meine Rose ...
Sie lebten wie die Kinder und machten viele glücklich.
Q. G.

Für Tanguy
H. D.

Bibliografische Information der Deutschen Nationalbibliothek

Die Deutsche Nationalbibliothek verzeichnet
diese Publikation in der Deutschen Nationalbibliografie;
detaillierte bibliografische Daten sind im Internet
über http://dnb.d-nb.de abrufbar.

Titel der Originalausgabe: Amoureux

Aus dem Französischen von Anna Taube
ISBN 978-3-8458-3670-6

www.arsedition.de

Hélène Delforge Quentin Gréban

LIEBE

Aus dem Französischen von Anna Taube

arsEdition

An diesem Morgen ...

Der bärtige Mann war mit seiner Frau noch ein wenig
im Bett liegen geblieben.
Acht Minuten Zärtlichkeit, einem gewöhnlichen Tag stibitzt.
Er war spät dran.
Das hatte keine Bedeutung.

Die Dame in Rosa hatte nicht geschlafen,
sie hatte Besseres zu tun gehabt.
Nun war sie eingenickt.
Das hatte keine Bedeutung.

Die junge Frau mit dem kleinen Hund zählte nach.
Achtundzwanzig plus zehn. Nein, elf! Elf Tage!
Glück wärmte ihren Bauch. Wie freute sie sich schon auf heute Abend.
Wenn sie ihm die Neuigkeit berichten konnte.
Sie hatte ihre Haltestelle verpasst.
Das hatte keine Bedeutung.

An diesem Morgen ...
... lag so viel Liebe in der Luft, dass man sie greifen konnte.
Und nichts anderes hatte Bedeutung.

Wie nur kann man singen,
es gäbe keine glückliche Liebe,
wenn es doch dich gibt?

Um dir zu gefallen, trage ich ...
einen Hauch Puder,
zwei Lidstriche (einer davon ging ins Auge),
sieben Haarnadeln,
neunundsechzig Perlen,
achtundvierzig Zentimeter Spitze,
ein Band (versteckt),
drei Spritzer Parfüm,
dreihundertsiebenundzwanzig Gramm Kleid.

Macht zusammen eine Stunde dreizehn
vor dem Spiegel.

Und was dich verführt ...
ist mein Lächeln?

Es gibt kein Davor.
Es gibt kein Danach.
Es gibt nur jetzt,
nur dich, nur mich,
nur unsere Lippen,
unsere Hände, unsere Haut,
unsere Körper, die sich finden.
Ich bin da, ich lebe, ich liebe.
Ich bin frei!

BMO 652

In den Romanzen im Kino
erleben die Liebenden gewöhnliche und doch magische Augenblicke.
Sie gehen Eislaufen, einer fällt und hält sich am anderen fest,
und das ist ihr erster Kontakt, mehr noch, ein Symbol:
Sie werden sich unterstützen, gemeinsam sind sie stärker.

In den Romanzen im Kino
tupfen sich die Liebenden mit Pinseln Farbe auf die Nase,
wenn sie ihre erste gemeinsame Wohnung einrichten, sie lachen.
Er zieht ein Kästchen aus der Hosentasche.
Sie wispert „Ja".
The End.
Im Saal geht das Licht an,
verstohlen werden Tränen getrocknet
und Mäntel angezogen.
Draußen ist der Regen weniger kalt,
denn von innen wärmt eine schöne Geschichte.

Unsere Romanze ging nach dem „Ja" weiter.
Dreiundvierzig Jahre lang.
Wir haben Eislaufen gelernt.
Wir sind Hand in Hand übers Eis geglitten,
gemeinsam, in dieselbe Richtung.
Auch nicht schlecht als Symbol, oder?
Zumal wir oft gefallen sind und uns
immer aneinander festgehalten haben.
Dreiundvierzig Jahre lang.
Die Farbe ist abgeblättert.
Immer wieder haben wir
die Pinsel herausgeholt.
Unsere Nasen trugen sämtliche Farben.
Dreiundvierzig Jahre lang „Ja",
gewöhnlich und doch magisch.
The End.
Gestern.
Das Licht ist ausgegangen.
Meine Tränen lasse ich fließen.
Du bist nicht da,
um mir in den Mantel zu helfen.
Und der Regen ist eiskalt.

Lass mich dir helfen,
der Reißverschluss ist schwierig,
du wirst dir die Arme verrenken,
dir wehtun.
Warte, ich helfe dir!

Ach so? Du wolltest dich anziehen?

Entschuldige,
das habe ich falsch verstanden.

Macht nichts.
Nun, da dein Kleid schon
zu Boden geglitten ist,
lass mich dich in Küsse kleiden.

Wir haben die Stücke aneinandergeklebt.
Haben die Bildhälften zusammengefügt,
haben unsere Hände ineinandergefügt.
Die Narbe bleibt.

Das Foto ist gezeichnet, so wie wir.
Das Foto ist fragil, so wie wir.
Doch es ist kostbar, einzigartig.
So wie wir.
Wir behandeln es mit größter Sorgfalt, mit Vorsicht.
Wir wissen, es ist empfindlich.
So wie wir.

Das Foto hat seinen Platz im Album
meines Lebens wiedergefunden.
So wie du.

Seit einer Woche kommt er, Pomade im Haar,
stützt die Ellbogen auf die Bar und tut, als würde er die Speisekarte studieren.
Eine Woche und Unmengen von Limonade, Donuts, Kaffee ...
„Welchen Kuchen können Sie mir empfehlen?
Es ist schön heute, so schön wie Sie ... ja ...
Sie sind sehr schön, Fräulein ... Celeste, nicht wahr?
Ich bin Charlie, sehr erfreut ...
Den Namen vergisst man nicht so schnell,
Celeste, er steht Ihnen gut, Sie sind himmlisch, Celeste ...
Verrückt, dieser Milchshake sieht doch aus wie eine Wolke,
möchten Sie kosten?"
Sie hat verstanden. Sie sagt „Ja".
In fünf Minuten wird sie sein Glas abräumen,
er wird ihre Hand nehmen und alles wird gesagt sein.

Ich bin Aurora. Das ist auch himmlisch.
Die Morgenröte, weißt du. Verheißung auf einen neuen Tag,
Morgentau, Vogelgesang.
Das hast du gar nicht bemerkt, was, Charlie?
Ich hatte mein himmelblaues Kleid angezogen, eine Blume im Haar.
Erinnerst du dich? Nein. Das war vor einer Woche, Charlie.
Wir waren zusammen hier, um Milchshakes zu trinken,
auf Empfehlung deiner Freunde.
Die besten der Stadt, hatten sie gesagt. Ich traute mich nicht, dich anzusehen.
Wäre fast erstickt vor Glück. Auf Wolke sieben. Celeste.
Da kommt sie schon, beugt sich vor, um den Tisch abzuwischen,
du fällst in ihr Dekolleté. Ich werde zur Dekoration,
trotz meiner Bücher, meiner Ideen,
trotz allem, was ich dir hätte erzählen und dich hätte interessieren können,
trotz unseres Lachens, das darauf wartete, gelacht zu werden,
trotz ... dieses Dings, da in meiner Brust, das hüpft, wenn du nah bist.
Seit einer Woche bin ich hier.
Ohne da zu sein.
Warum?
Weil mir der Schmerz, dich zu sehen, lieber ist,
als ohne dich zu leben.

Das Glas ist leer.
Ich hatte es doch gesagt.

happy
hour

Und wenn wir so täten, ...
als hätte ich dir schon
Gedichte geschrieben,
Pralinen geschenkt,
dich ins Konzert eingeladen,
auf dich gewartet,
gehofft.
Und wenn wir so täten,
als hätte ich dir von A bis Z den Hof gemacht.
Wenn wir so täten,
als hätten wir all diesen Zinnober hinter uns.
Wir könnten eine Abkürzung nehmen,
von meinem Mund zu deinem Hals,
von deinem Hals zum ersten Kuss.
Und uns verlieben.

„Weißt du, die Wissenschaft hat festgestellt, dass die Liebe drei Jahre anhält."
„Ach! Wenn man bedenkt, dass wir schon dreißig Jahre zusammen sind.
Ich hätte zehn Männer lieben können!"
„Tut mir leid. Das kannst du ja immer noch nachholen ..."
„Zehn Männer. Was hätte ich nicht alles verloren!
Wo ich doch jede deiner hundert Facetten liebe.
Den jungen Mann. Den Papa, der spielt.
Den Verrückten, der die Stadt durchquert, um mir einen Kaffee zu bringen.
Den Verschlinger ofenwarmer Plätzchen. Den Sammler von Werkzeugen.
Den hübschen Jungen im gepunkteten Hemd.
Den Bräutigam, der weinend „Ja" sagt.
Den Liebenden, der alles verstanden hat ...
Ich hätte siebenundzwanzig Jahre voller Überraschungen verpasst.
Siebenundzwanzig mal dreihundertfünfundsechzig Frühstücke
ohne deine Kommentare zu den Nachrichten?
Die Schaltjahre nicht mitgerechnet.
Siebenundzwanzig mal dreihundertfünfundsechzig Erwachen
ohne dein Lächeln, das ich anlächle?
Schau an, du hast ein neues Grübchen, da, das kenne ich noch nicht."

Ich komme immer etwas eher zu unseren Treffpunkten,
um das Glück auszukosten, auf dich zu warten,
dich zu erspähen, dich ankommen zu sehen.
Du suchst nach mir, die Augenbrauen zusammengezogen, gestresst, in Eile.
In der Sekunde, in der du mich erblickst, öffnet sich dein Gesicht.
Dein Lächeln erstrahlt, auf deinen Lippen, in deinen Augen.
Du schenkst mir den größten Beweis deiner Liebe:
die Freude, mich wiederzusehen.

Jetzt bist du da.
Du nimmst mich in die Arme.
Die Welt bleibt stehen.

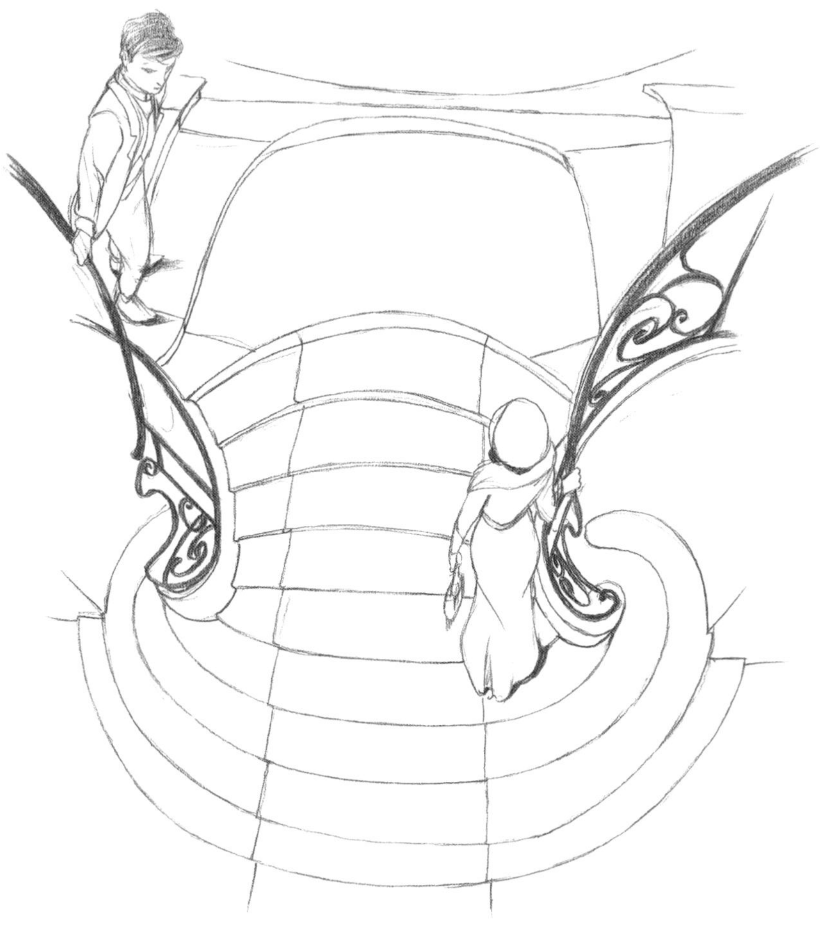

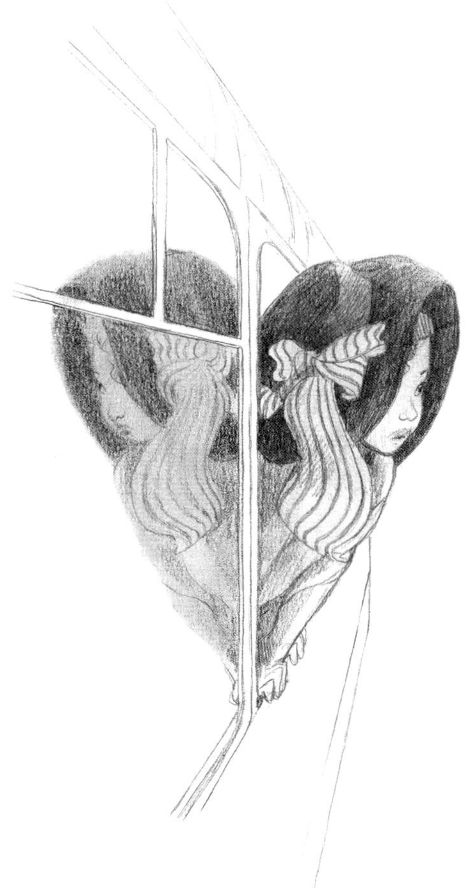

Du bist frei.
Eines Tages wirst du einen Jungen treffen oder ein Mädchen,
ganz egal.
Es wird irgendwo passieren, in der Bibliothek oder im Kino,
am Strand oder im Wald.
Morgens im Zug, warum nicht?
Es wird irgendwo passieren und garantiert überraschend.
Du wirst frei sein und verliebt.
Du wirst deinen Weg gehen.
Ich habe dir beigebracht, „Danke" zu sagen, zu rechnen, zu schwimmen,
die Straße zu überqueren.
Habe ich dir beigebracht, was Liebe ist?
Hast du die Gutenachtgeschichten verstanden?
Die Märchen, deren Enden ich für dich neu erdacht habe?
Hast du behalten, dass Prinzessinnen es mit Drachen aufnehmen können?
Dass Mädchen weder auf einen Prinzen noch auf eine Kutsche oder
eine Fee warten müssen, um die Welt zu erobern?
Denke daran: Der Mensch, den du dein Leben lang lieben musst, bist du!
Denke daran: Wenn du dich nicht liebst, wirst du niemanden lieben.
Denke daran, dass du geliebt wirst, seit du geboren wurdest.

Erinnere dich an deinen Papa.

„Alles ist gut, wir sehen uns, wenn ich wiederkomme. Kuss"

ER
Kein Punkt hinter Kuss. Kein Plural.
Sie ist kalt, wütend, nur ein Kuss, sicherlich bloß auf die Wange.
Ich wusste, ich hätte diese beiden anderen Briefe abschicken sollen.
Zwei Wochen lang ist sie weg und ich schreibe ihr nur ein einziges Mal?
Erbärmlich. Sie hat recht.
Nun schreibt sie nur drei Zeilen. In Schwarz.
Sie ist sauer auf mich, das lässt sie mich ganz klar spüren.
Warum nur habe ich diese Briefe nicht abgeschickt?
„Alles ist gut." Oh ja, sie ist wütend.
„Alles ist gut ohne dich." Das ist es, was ich zwischen den Zeilen lesen soll.
Sie schreibt: „Wenn ich wiederkomme", ohne zu sagen, wann oder wo ...
Falls sie überhaupt wiederkommt ...
Sie ist wütend.
Soll ich die Briefe noch abschicken? Oder Blumen? Schokoladenherzen?
Wenn ich ihr nachfahre?
Und wenn sie mich nicht mehr liebt?

SIE
Na gut, so geht es. Nicht zu kitschig.
Nicht zu lang.
Nicht zu traurig.
Er soll ja nicht Angst bekommen, von mir vereinnahmt zu werden,
dass ich mich an ihn ranschmeißen will.
„Wir sehen uns, wenn ich wiederkomme."
Das ist klar und deutlich, „wenn ich wiederkomme".
Das bedeutet: „Sobald ich meinen Fuß auf den Bahnsteig setze,
werde ich zu dir eilen."
Man spürt schon, dass er mir fehlt.
Ich setze keinen Punkt hinter den „Kuss",
denn er hat kein Ende, er dauert an,
bis in alle Ewigkeit.

Wir sind wie Teile eines Puzzles.
Deine Nase hat die ideale Form, um sich an meiner zu reiben,
niemals im Weg, wenn wir uns küssen.
Deine Brust und deine Arme haben die perfekte Proportion,
um mich ganz zu umfangen.
Und da? Unsere Füße verschlingen sich, umkreisen einander
wie vier Tierchen, die sich erkunden.
Unsere Atemzüge harmonieren.
Mein Kopf fügt sich in deine Schultergrube.
Ich erinnere mich an den ersten Abend,
an das erste Mal, als deine Hand auf meinem Arm lag,
genau da.
Da hat es „klick" gemacht.
Wie ein Mechanismus, der einrastet.
Ich muss uns vermessen.
In unserem Verhältnis findet sich womöglich
der Goldene Schnitt wieder.
Irrationale Vollkommenheit.
„Komm schlafen."
„Ich kann nicht, ich bin zu glücklich."

Die Hände Liebender streicheln,
kneten, massieren, nehmen,
unterstützen, tragen, umhüllen,
umschlingen, berühren, tippen,
kitzeln, kneifen (manchmal).
Die Hände Liebender
verschließen sich nicht zu Fäusten.
Es ist keine Liebe in einer Faust.

Die Hände von Freundinnen
strecken sich aus zu jener, die am Boden ist.
Die sich erhebt.
Die die Fäuste ballt.

Es ist keine Liebe in einer Faust.
Doch unendlich viel in unseren Händen.

Jener Abend. Ich habe jedes Bild dieser Nacht der ersten Male aufbewahrt.
Bruchteile einer Sekunde, die seit Jahren anhalten.

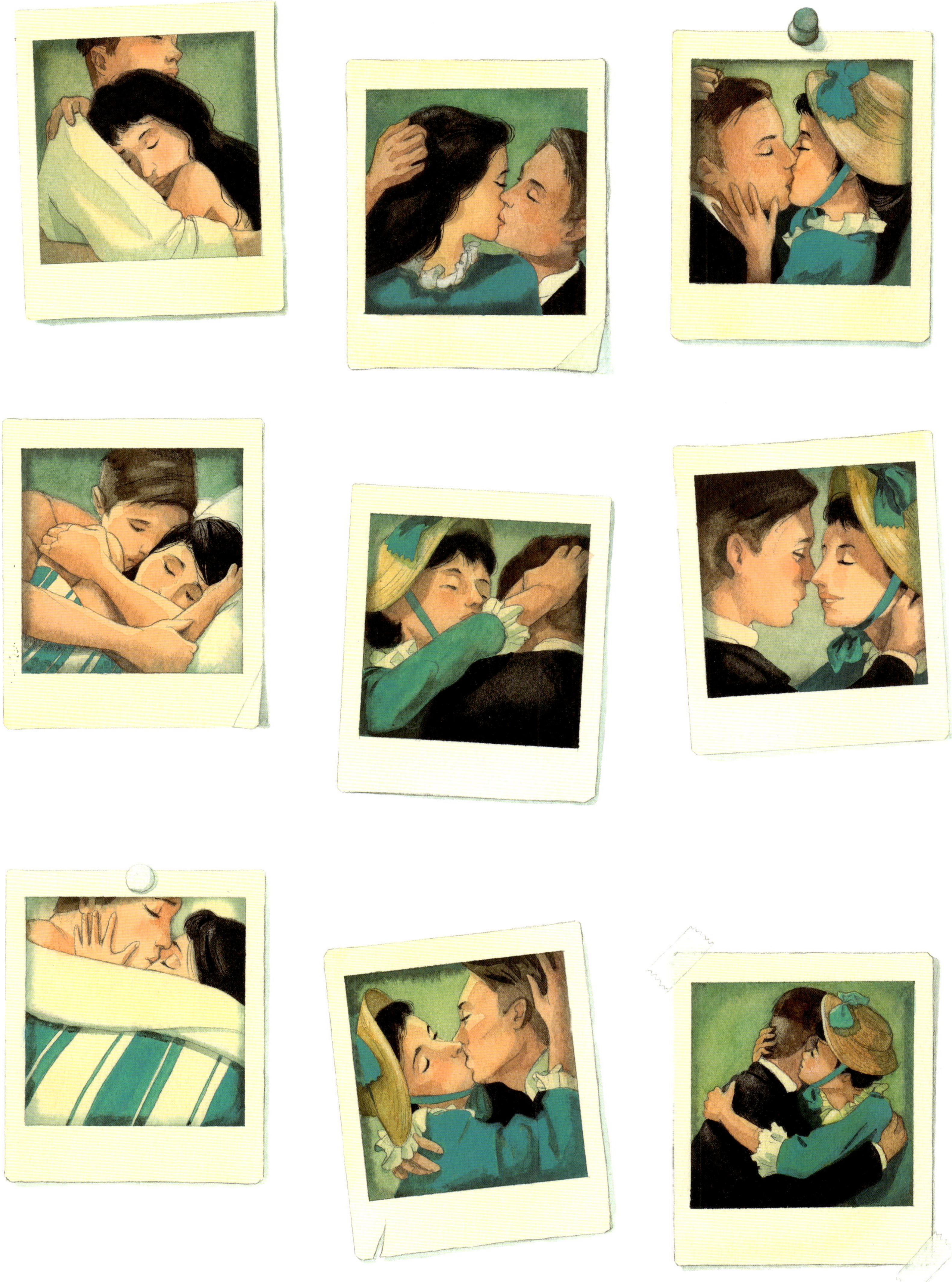

Niemand hat mich so genervt wie du.
Deine Marotten. Die Stunden, die du damit verbrachtest,
deine Bibliothek zu ordnen.
Deine Ausraster, wenn du deine Schlüssel suchtest.
Meine Schokolade, die du mir aus dem Küchenschrank klautest.
Und dieses spöttische Lächeln, wenn ich mir das zehnte rote Kleid kaufte,
nicht ganz so wie die anderen, aber das hättest du niemals zugegeben.
Manchmal sagte ich mir: „Ich werde ihn umbringen!",
wenn wieder eine Socke neben den Wäschekorb flog.

Das Leben hat es geregelt.

Heute früh lese ich die Zeitung,
die Todesanzeigen.
Alle diese Leben,
wie das meine,
wie das deine,
zerbrochen.

Wie wünsche ich mir heute deine Marotten zurück,
deine umherfliegenden Socken,
unsere kleinen Nichtigkeiten ...

Du hast mir gesagt, ich sei schön.
Du hast es mir geschrieben.
Und doch, auf dem Papier glättet deine Hand meine Kurven,
entfernt die Falten.
Gestern maltest du mein Mieder, ich war zwei Größen schlanker.
Heute beschenkst du mich mit dem Rücken einer Odaliske.
Doch dieser Leib ist mir zu klein.
Dieser „liebevolle Blick“, mit dem du meinst mich zu betrachten,
der beurteilt, korrigiert, tilgt mich.
Sieh mich an.
Diese Krähenfüße, das sind Erinnerungen an mein Lächeln.
Willst du die wirklich entfernen?

Wie oft haben wir uns gesagt:
„Irgendwann fahren wir das an die Wand."
Wir dachten, das sei nicht schlimm.
Wir waren dabei, sie zu bauen, diese Wand.
Jeder von uns hat seine Steine dazu beigetragen.
Die Enttäuschungen, das Unausgesprochene,
die Versäumnisse, das Unverstandene, die Ärgernisse,
der Überdruss, die Resignation, die Vorwürfe,
die Ernüchterung, das Geschrei.
Wir dachten, wir kämen darüber hinweg.
Doch eines Tages war es zu spät. Sie war da.
Du und ich, jeder auf einer anderen Seite.
Getrennt.

Erleichtert.
Endlich Raum.
Frei.

Hinter der Wand.
Alles ist grau. Ich langweile mich.
Da gibt es nichts zu lachen ...
Ich erinnere mich an dein Lachen.
Fast ist mir, als hörte ich es ...

Dies ist kein Kleid.
Dies ist eine Geschenkverpackung.
Zieh an dem Band und entdecke deine Überraschung.

Der Schrei wurde lauter, auf beiden Seiten.
Er brach heraus. Er verhallte.
Er verstummte, ganz sacht ...
Die Zeit, die Gedanken, die Sorgen, sie schwiegen.
Fünf Minuten der absoluten Stille.
Der Liebe.

Wir konnten es uns nicht vorstellen ...
das Leben voller Gedanken, Sorgen, Schreie,
das wir im Gegenzug bekamen.
Zwei Schreie, fünf Minuten Stille.
Neun Monate.
Ein Leben der absoluten Liebe.

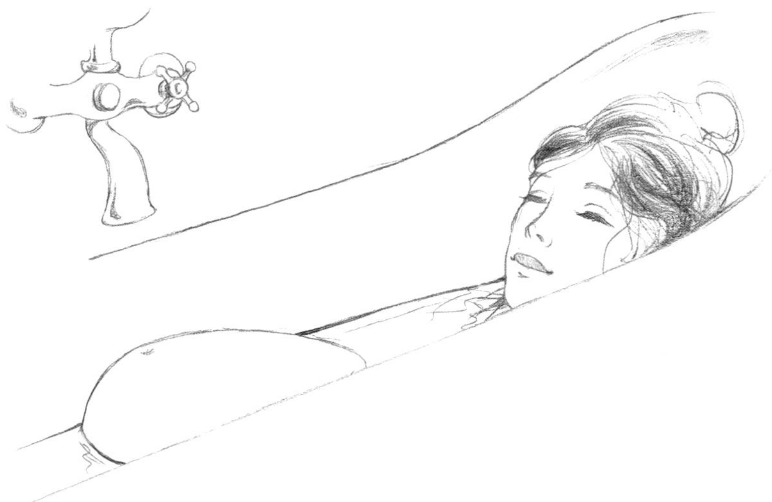

Dein Blick fängt mich.
Du blinzelst, wirfst die Leine aus.
Du hebst eine Braue, verlockender Köder.
Ich bin da, ich widerstehe nicht.
Du lächelst, hast mich am Haken.
Du holst die Schnur ein, du ziehst mich an,
du hast mich erbeutet,
ich bekomme keine Luft mehr,
du weidest mich aus …
Anglerin.
Engel.

Ich liebe deine Küsse.
Ich liebe deine Haut. Ich liebe deinen Geruch. Ich liebe deine geschwungenen Lippen.
Ich liebe deine Füße, riesig wie Palmwedel.
Ich liebe deine Talente, deine Witze, deine Taten, deine Gesten und deinen Takt.
Ich liebe deine komischen Krakelmännchen, die du kritzelst, wenn du nachdenkst.
Ich liebe deine Vorhaben, die überbordend vielen.
Ich liebe deine Bücherstapel, ordentlich am Fußende des Bettes aufgetürmt.
Ich liebe deine abertausend Ideen. Ich liebe deine Neugier.
Ich liebe die Worte, die du erfindest, um zu sagen: Ich liebe dich.
Ich liebe diese rebellische Haarsträhne, die zu bändigen du dich abmühst.
Ich liebe es, wenn du wie ein Geier den Kuchen umkreist, sobald er aus dem Ofen kommt.
Ich liebe, dass du die Schere deines Großvaters in deiner Schublade aufbewahrst,
verrostet, unnütz, unentbehrlich.
Ich liebe es, dir zuzuhören, wenn du von deinem Tag erzählst.
Ich liebe die Zärtlichkeit in der Stille, wenn du verstummst.
Ich liebe all diese kleinen Kleinigkeiten, und ich liebe all diese Dinge, die dich ausmachen.
Ich liebe nicht eine Frau oder einen Mann.
Dich liebe ich. Dich.

„Wer erobern will, muss sich vor Liebe verzehren“,
beten die Handbücher der Verführung vor, die klassischen Romane.
„Die Liebe nährt sich von eingebildeten Vorzügen,
die einem gewöhnlichen Menschen zugeschrieben werden,
wenn er sich unerreichbar, hofiert oder auch nur gleichgültig zeigt.
Hingegen erwächst das Verlangen aus der Abwesenheit.“
Im nächsten Kapitel hauen die Verfasser in dieselbe Kerbe:
„Gehen Sie nie aus der Deckung. Hüten Sie Ihre Geheimnisse,
Unglücklicher, selbst wenn die Beute im Sack ist,
seien Sie niemals Sie selbst, liefern Sie sich keinesfalls aus,
und vor allem, vor allem müssen Sie die Zunge
mindestens sieben Mal im Munde herumdrehen,
bevor Sie freudig ausrufen: ‚Ich liebe dich!‘,
selbst wenn Sie es denken und Ihnen fast das Herz zerspringt.
Verstecken Sie die Liebesbriefe! Verweigern Sie ein Stelldichein.
Entziehen Sie sich der Küsse!
Handeln Sie strategisch.
Lüge. Berechnung. Manipulation.“

Diese Liebe wird nicht halten.

Die Liebe lebt in der Wahrheit.
Sie entspringt dem Offensichtlichen. Sie wächst im Vertrauen.
Ich habe mich in dich verliebt, ohne dich zu kennen.
Ich liebe dich, weil ich dich kenne.
Sei du du, ich vertraue dir.
Traue mir, ich bin ich.

Dans ma rêverie profonde
C'est toujours vous que je vois
Vous seule existez au monde
Aujourd comme Autrefoi

18. Dezember 1914

Mein Augustin,
als ich heute Morgen aufstand, war ich sehr traurig:
Die Kletterrose, die sich um das Fenster unseres Zimmers rankt, ist erfroren.
Da habe ich natürlich an Dich gedacht, dort draußen in dieser Kälte, die Rosen tötet.
Bald habe ich die Decke fertig gestrickt, die ich Dir als Weihnachtsüberraschung schenken möchte.
Wenn es eine Überraschung sein soll, warum erzähle ich Dir dann davon?
Weil man sagt, dass der Krieg bald zu Ende sein wird.
Das Weihnachtsfest werden wir zusammen verbringen, da bin ich mir sicher.
Dann werden Dich meine Arme und meine Küsse viel besser wärmen
als ein Meter Strickware.
Wir werden uns darunter aneinanderkuscheln. Das wird mein Geschenk sein.
Ich wünsche mir nichts sehnlicher, als Dich wiederzuhaben und Dein lächelndes Gesicht auf dem Kopfkissen neben mir liegen zu sehen, wenn ich aufwache.
Ich erspare Dir die Neuigkeiten der Nachbarn, der Cousinen und Tanten.
Sie alle sind in Gedanken bei Dir und loben Deinen Mut.
Wisse, dass meine Gedanken, wann immer sie bei Dir sind, alles andere als vernünftig sind.
Was Deinen Mut angeht ... Hab nicht zu viel.
Mein Held bist Du schon längst, mein Poilu.
Komm zu mir zurück, komm zu uns zurück, bitte.
Mit all meiner Liebe, die, anders als die Rosen, niemals erfriert,

Deine Blume,
Marguerite Trébuchon

„Deine Blume, Marguerite" lautete wirklich die Unterschrift unter einem Liebesbrief an einen Poilu, einen französischen Frontsoldaten im Ersten Weltkrieg. Allerdings nicht an Augustin Joseph Louis Trébuchon. Dieser Schäfer war nicht verheiratet. Er war der älteste einer Reihe verwaister Geschwister, geboren am 30. Mai 1878. Er war blond, hatte graue Augen, maß 1,61 Meter. Bei der Mobilmachung trat er in die Infanterie ein. Vier Jahre kämpfte er an der Front, bis zum 11. November 1918. Um 10.55 Uhr traf ihn eine Kugel mitten in den Kopf. Augustin stirbt fünf Minuten bevor der Waffenstillstand in Kraft tritt – als letzter französischer Toter des Ersten Weltkriegs. In der nordfranzösischen Gemeinde Rethondes, in deren Nähe die Waffenstillstandsverhandlungen stattfanden, wurde ihm ein Garten gewidmet. Ich hoffe, dass dort Margeriten gepflanzt wurden ...

„Warum haben wir uns nie geküsst?"
„Weil wir nie gleichzeitig frei waren."
„Ah ... Und in den nächsten zwanzig Jahren,
hast du da schon was vor?"

Außen, vor den Leuten, vor der Welt,
eine Oberfläche aus Marmor,
ein Rüstung aus Stein, eine Miene aus Eis.
Sich verteidigen. Sich hinter Mauern verschanzen.
Erstarren. Stark sein. Hart.
Dann sehe ich dich.
Spüre deine Arme, die meinen Hals umschließen.
Strecke die Waffen.
Ein Kuss.
Ich lebe auf.
Ich werde warm. Ich schmelze.
Ich bin leicht.

Weißt du, welcher Tag heute ist?
Samstag. Genau. Und außerdem ...
Der Tag, an dem der Wocheneinkauf ansteht. Ja, das stimmt.
Der Tag, an dem der Große um 14 Uhr Klavierunterricht hat.
Bravo, du hast daran gedacht.
Der Tag, an dem du dich mittags hinlegst. In der Tat.
Waschtag. Juchhu, da freue ich mich aber.
Doch das ist nicht alles. Denk nach.
Nein, der Termin beim Kinderarzt ist erst nächste Woche, Hase.
Das Abendessen bei deiner Mutter ist für Mittwoch geplant, Schatz.
Die Stromrechnung ist auch noch nicht fällig, mein Herz.
Du kommst wirklich nicht drauf, du blöder Kerl?
Heute ist unser Hochzeitstag, werter Herr Ehemann.
Kein Grund, blass zu werden, ich hatte ihn auch vergessen.
Feiern wir?
Stelldichein während deines Mittagsschläfchens?
Eine Viertelstunde zwischen Einkaufswagen und Wäschekörben,
nicht Mama, nicht Papa sein,
sondern einfach nur
du und ich.

Nebelhorn, Leinen los!
Der Kuss unterbrochen, das Schiff entfernt sich. Er ist fort.

Hey, aber wieso sollte zwischen den beiden Schluss sein?
Sie wird auf ihn warten!
Er wird ihr Foto in seinem Geldbeutel an seinem Herzen tragen.
Und fünfzig Jahre später werden sie sich durch Zufall wiedersehen.
Sie werden gemeinsam weiterreisen, alt, doch niemals erwachsen ...
So eine schöne Liebesgeschichte.

Eine schöne Liebesgeschichte?
Fünfzig Jahre lang von der Erinnerung an einige zauberhafte Monate zehren?
Und während dieser ganzen Zeit das Leben verpassen?

Warum kann es nicht zu Ende sein? Sie verlassen sich. Ihre Herzen bluten.
Grausam. Sie durchleben nebelgraue Monate, trübselige Tage,
unter Menschen ohne Belang, weil sie nicht der, nicht die andere sind.
Mit der Zeit werden sie heilen. Sie werden jemanden treffen.
Sie werden erneut beben. Ein Leben voller Liebesgeschichten.

Ich kann Regenschirme nicht leiden,
diese sperrigen Dinger, die den Himmel verdecken.
Sie sind hässlich, sie nützen nichts,
denn wozu sich selbst einsperren,
wenn man im Regen tanzen kann?
Verbrennen wir alle Regenschirme!

Außer deinen.

Er ist ganz klein, und um darunter Schutz zu finden,
mussten wir uns eng aneinanderdrücken.
Neben dir unter seinem Stoffdach war der Himmel rosa.
Und wir haben getanzt in einem Regen aus Küssen.

Willige Frauen,
verlockende Körper,
Sirenen auf Papier ...
Mit jeder Welle
habe ich ihr Phantombild entblättert,
mir ihre Haut vorgestellt,
mir tausend Abenteuer erdacht.
Rote, blonde, braune,
sie hatten alle dasselbe Gesicht.
Deines.
Meine Sirene.
Mein Heimathafen, mein Rettungsring,
meine Himmelsrichtung.
Mein Kompass.
Mein Kurs.

Rodeo
Emily
aout

Der Zufall hat mir ein Geschenk gemacht. Dich.
Ich habe die Verpackung bewundert, lächelnde Augen,
glänzendes Haar, küssende Lippen.
Ich habe es geöffnet
und eine Schulter zum Anlehnen gefunden, Witze, Begierden,
Zärtlichkeiten, Zuckerwatte und Liebesperlen.

Danach fand ich ...
kleine laufende Nasen,
abgeschnuffelte Kuscheltiere,
Kabbeleien, marmeladenklebrige Hände an meinem Rock,
eine Marienkäfer-Geschichte am Abend, Ostereier im Garten,
verbaselte Hefte, Bonbons in den Taschen,
Milchzähnchen unterm Kopfkissen, Lieder, lauthals im Auto gegrölt,
Albträume um Mitternacht, Sprünge im Bett um sechs Uhr morgens.
Laute Vorwürfe, leise Sorgen.
Ich fand eine Familie.
Welch ein Geschenk!
Ich hätte mir nichts Schöneres vorstellen können.